王嘉澤

暈船的魚

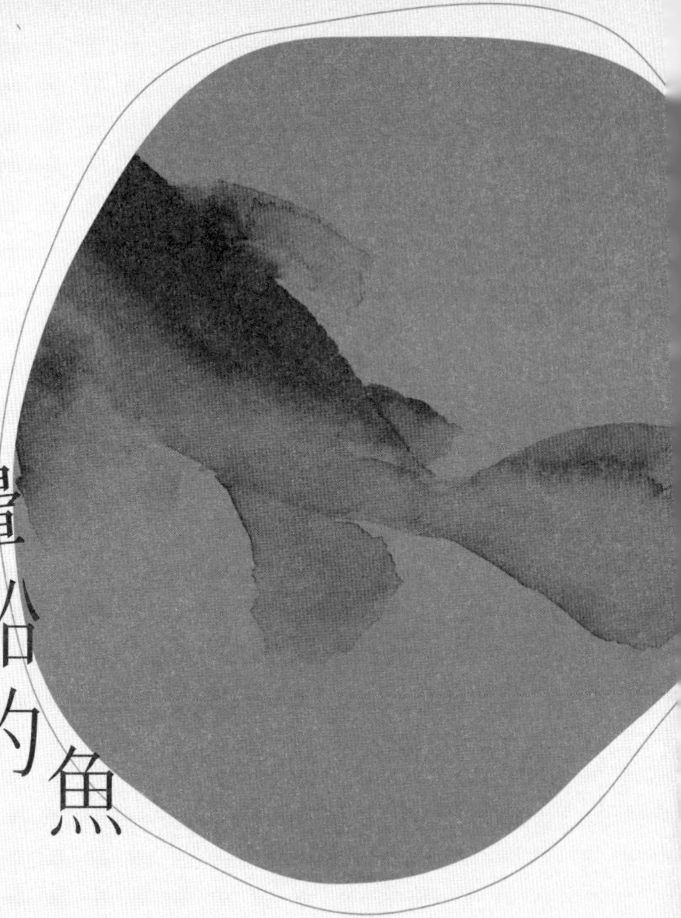

來世做一隻／在雲裡跳躍著的／暈船的魚
或是渴望大海而／懼高的鳥

目錄

心懷秘密的孩子 057

隨城市的潮汐，自光的折影

曖曖含光——序王嘉澤的詩集

詩總是靈魂深處的回聲，歌德說：「靈魂的喫苦受難，使文學成為必要。」靈魂來自於在經驗中獨特的感受，沉澱在我們的回憶中。

青春期或者窖藏著我們人生的原始動力，敏銳與堅持就成為最珍貴的靈魂財富。尤其在青春時期，帶著銳氣與活力，面對著未來眾多的可能性，尚未成熟的生命，卻得做出影響一生的選擇。青春期的艱難，恐怕對喜歡文學卻在企管系就讀的嘉澤，體會尤其深刻。不過，青春期的光陰雖禁不起浪費，但哪個人生不是邊走邊調校準星的。這些選擇過的生活方式，終會成為生命深處的回聲。

我在嘉澤的詩中，讀到的正是孤獨的聲音，這種聲音難能可貴，在日常的閒談與浪語中闢出一方寧靜，且令人回味。

在第一首〈樂園〉中：

夏日喧鬧的結束了
葉子紛落下來

詩句相當簡淨，葉落告別了喧鬧，在句尾自有「了」與「來」雙聲的呼應。時序的更易，只是時間的綿延（duration），故而：

長生不老的宇宙啊
陽光總是斜的

時間的循環不會死亡，宇宙不斷進化。陽光的偏斜是時間的推移。

他們建造許多屋頂
搭起一座花園

屋頂是大自然庇護人間的居住，因為嘉澤的樂園是人間的花園，季節的花園，故而：

秋天時是黃色
冬天是白色

嘉澤的詩在簡淨的詩語中，已構成獨特的風格。在第二首〈淵與丘〉中：

短暫的沈默與光

永恆而寂寥
卻是我想說的
如一堵虛牆　如空的魚網
緘默
像心懷秘密的孩子

大量的寂寞，折射著詩的靈光。語言的詩化超越了日常溝通的工具性與目的性。「虛牆」任一切事物穿透，「魚網」並無捕魚的現實利益。我特別喜歡末二句，但「緘默」與第一句的「沈默」，兩個「默」字重複，宜改為「緘口」。詩人天真的言語，總是寂靜之聲，海德格所謂「沈默中的金鈴聲」。而最後一句已捕捉到詩心之所繫：詩人的天真之眼，正是玩味一切流動的意味，只有「孩子」才能超出現實的功利。

我也喜歡〈卵〉這首，通篇美好，充滿活躍的想像，甚至有這樣的警句：

我們走在街上
如未乾的顏料

城市總是功利的，故而嘉澤的夜晚是在「城市的褶皺裡，孵化著夢」，但到白天，夢想還是「未乾的顏料」。不過「倦在城市的褶皺裡」，「倦」字宜改為「坐」字，雖然深夜令人疲倦，但夢想總是活躍的。此句有創意。

〈尋貓啟事〉甚至進入了貓的內在世界，這隻「追逐光」的貓，終於跳出「牆」和「欄杆」，逃出「魚罐頭」的誘惑與「毛線球」的幼稚遊戲，為自己畫出了一條逃逸線（德勒茲語）。有自由的流浪，才有真正的驕傲，故而「高高的豎起尾巴」。

嘉澤的詩多來自於生活的領悟，故靈光一閃，萬古不磨，常惹人深思。如〈無題〉一首：「把鮮花的種子／分給孩童和孤島」，對生活的熱愛和夢想，成為他的主題。這也就構成在〈博學者〉的反諷：「把沙漠關進沙漏／海洋鎖進魚缸／雪山裝進明信片」，博學者沒有真正的面對大自然。

在〈我〉的自畫像中，「我想成為詩」已成為嘉澤對新詩創作的雄心，讓一切捕捉下來的意義成為「永恆」。要「成為海」一樣，能「包容」一切，要「成為風」一樣，不斷重新撲塑生命新的形式，「想成為光」，照察「美醜善惡」，嘉澤對詩及人生而宏大的企圖。

我無法盡數羅列這冊詩集中的沉思與警句，嘉澤有詩才，也有能力創造佳句和佳作。他青春的戀情也在詩中留下創傷的烙印，這部分詩作冷靜而深刻，但在經驗的提煉上，似乎相對少一些對傑作的觀摩與學習。他七年來的詩作，已結成驚人之姿，猶如初戀留下難以磨滅的印跡。告別初戀，等待的是生命的圓熱，那才將是「永恆詩篇」。

——趙衛民

凝視深淵，或成為深淵——讀王嘉澤

忘卻一切。於存在的夜晚深層降下。在完全黑暗中，品嘗深淵的恐怖。
在孤獨的寒冷與人類萬劫不復的沉默中，體會戰慄與絕望。神，這個字。
為了抵達孤獨深處而使用神一詞，但我已經一無所知，連神的聲音也無法聽見。就連神，我也完全不認識。
——喬治．巴塔耶《內在經驗》

最早萌生於詩人心中的是什麼？那種半帶脅迫的驅動力，半賦予了詩人有話要說的使命感是什麼？我們可以追問每一個創作者，那最初與最終的事物的核心，是什麼驅動了詩人動用語言、調度意象、熬製情感、調音協律的意志之源是什麼？

是孤獨、是存在的質問、是對生命所感悟的點滴、還是對人情與自然的懷想：我想都是，而王嘉澤的作品中，浮現的是一種渴望溝通的孤獨感，以及某種生命本質欲追索情愛、掙脫綑綁、紀錄光影的初心。

孤獨就像是谷川俊太郎所說的，所謂的萬有引力，便是吸引人彼此靠近的引力。而我想補充的是，萬有引力的背後，也埋藏了不少因緣際會，有些引力的蛛網羅織與稠密，便是另外一些個體之間的互斥的引力。因為引力，不單純代表所有的「萬有」，而是各種萬有在接近與疏離之間，促使詩人按下快門，鑿下第一斧的那些時間空隙裡，寫詩者將那些空隙以語言填補，以視覺或聽覺的意象補綴，偷天換日掠奪而來的生命的印象之光，或光明後面的黑暗。

以他的〈下午〉為例，近乎俳句：

陽光在街道上躺著
把積水曬成白色的雲
被飛機穿過

物我之間的交換，視覺上的剪輯，與對於一瞬之光的拿捏，是小心翼翼而凝住時光的一闋短歌，這是為何嘉澤作品中，經常予人一種「鏡頭」般的感受。王嘉澤走訪過不同國度，在那些旅行的時刻中，他在熙攘與寂靜之間穿越現代國家的文化、文明與人群，思考回望自己的愛情與人生，就如同在他黑框眼鏡之下，那雙追問著世界關於愛情、自我、成長與生命本質的眼神。他的詩人之眼就是一具肉身的攝影機器，持續讓隱形的底片流淌，印上光影，正片負面，旁敲側擊或直取中軍，他彈奏著他自己的孤獨。形成詩句，化作攝影，在你的視網膜與心房內部，沖刷出生活的肌理與層次。

作者的無意識之流，往往有意無意洩漏了其詩背後的靈魂的形狀，以〈珍珠與鰭〉、〈物種主義〉、〈熬夜〉、〈讀我〉諸作之間，我們可以共鳴其孤獨，消瘦如傑克．梅蒂的瘦長靈魂般的量感，孤獨的量感不在於巨大，在其犀利，而〈讀我〉一詩之中，「我把自己摺成一封信給妳／想著你會將我捧在手心／輕聲的讀我」其中有渴望被慾望的對象，或慾望的主體所理解的念想，這是其一。

其次，在創作者王嘉澤的攝影作品與詩作之間，正巧構成了一有機的詩意系統，此詩意系統便以讓攝影之作與詩句的雙元架構，成就了無聲之詩與有聲之意象的對位。此種對位比起一般單純攝影，或單純寫作者的技術層面，王嘉澤打開了一個歧異且意義更不穩固的詩性空間，那詩性空間可能是豐饒的，也可能是虛無或廢墟的，廢墟不是大自然無可避免的循環⋯⋯也不是神的旨意。廢墟是人類傲慢、貪婪和愚蠢的結果。但創作者是有情人。他不會容許廢墟無限綿延，或無限豐饒，無論是「刺點」或「打開詩意空間」，創作者的寂寞便是讀者的歡愉，創作者王嘉澤將自己書寫成詩，摺疊成信，化作時空中一張張相片，投向時間之河，泛起漣漪。

在〈淵與丘〉一作中，他說：

世界已有無盡的言語
短暫的沉默與光
永恆而寂寥
卻是我想說的
如一堵虛牆 如空的魚網

緘默

像心懷秘密的孩子

是的，世界已有無盡的語言，短暫的沉默與光，王嘉澤深明這一點，心懷祕密的孩子，究竟心懷什麼秘密？是揭開世界空虛的牆的簾幕，帶你看見更多豐饒或更精采的風景，還是邀請你看見無盡的語言所無能指涉的種種？詩人的責任在此，詩人的存在意義也在此，在深淵與丘之間，人人都是心懷秘密的孩子。這是詩人的初心，或許也是提醒讀者「去看」的一道季節之間的夜空中的火光。

像紀伯倫所言：「的確，你像是一隻秤，懸掛在你的快樂與憂傷之間。唯有當你心空無一物，你才能平衡靜止。」（Verily you are suspended like scales between your sorrow and your joy. Only when you're empty you're at standstill and balance.） 在

他的詩作〈無題〉中，「想著想著／一隻蝴蝶停在我的夢裡／睡著了」，在他的攝影作品裡，你可以看見群鳥驚飛，坦然的街景，走過的人群，那些睡在他光影作品中的人事物及街道、天空、建築，就如同蝶谷裡面的隱隱亮翅的蝶群，當你閱讀，你便啟動了令他們飛翔的密碼與指令，當你掩卷，你就穿越了詩人的夢境，走過了深淵的天空，或成為了天空所凝視的深淵。又如他〈失眠〉所寫：

在此即是彼的
日出與日落下的地球兩端
有人走進夢裡也有人自夢裡走出
孑然一身的
把鑰匙留給下一位房客

他彷彿創造了一個愛的孤獨的時區，在鐘錶所無法指點之處；他也彷彿一個闖進世界的創作者，帶著某種意圖而來，帶著某種訊息前來，傳遞給你。王嘉澤是一個值得期待的創作者，他還有許多往古典汲取養分的時間，他還有更多通往未來的通行證。讀王嘉澤，就如同凝視深淵，深淵也會回望你，而這道深淵將否更深？或是令你獲得更多無法言詮的美麗、靜謐與力量，端在於你是否與他共鳴。時光的逆旅中，此身皆是客，在此即是彼的日出與日落下的地球兩端，他的作品，是留給你的夢之房間的鑰匙。

——洪春峰

寫於 澳門 二〇一八年四月二日

自序

我總這樣覺得，一首詩就如同自給自足的星球，如果微弱的引力可以吸引你靠近，那是美好的事，如果沒有，它也還在那裡。

前些日子聽朋友說，poem 源自希臘語，意思是「我創造」。

我想，這也是一切偉大與孤獨的根源吧。

今天的太陽是橘子味的

樂園

夏日喧鬧的結束了
葉子紛落下來
長生不老的宇宙啊
陽光總是斜的
他們建造許多屋頂
搭起一座花園
秋天時是黃色
冬天是白色

卵

天空是透明的河
漂過翅膀與船
投下輕盈的陰影

夜守著沉默
倦在城市的褶皺裡
孵化著夢

我們走在街上
如未乾的顏料

塵——櫃挪移後仍留下形狀

幾日未拭罷
無所從來亦無所去的塵
前仆後繼恢恢然地落了滿屋
覆於櫥櫃床腳餐桌窗台地板茶几座椅
此刻遠處的我忽然明白了
像寓言更像劫數：
神以塵造人而人抹去塵
而抹去塵的人終化作塵
覆於櫥櫃床腳餐桌窗台地板茶几座椅

火與燭

想逃離你的芯　逃離你
蠟質的身軀
不願你熔化　成為一灘紅泥
所以當我閃動著竄升　或
忽然熄滅　並非我的無情
只因你我的存在本是相悖

美

一切都會消逝的
如昨日般
如童年的玩伴
如咖啡在每日的報紙上留下隱約的漬
隨著日期失效
命運自認和你達成默契
勿放出太閃耀的光
勿當飛蛾撲入燭中
用漫天星塵燃放一場煙火
你卻只想豁盡所有
成為孱弱的軀殼

在一無可失後
置身無光的永夜

一株盆栽

夏日午後黃澄澄的落照
奪窗而入
爬滿了整張書桌
桌邊一株無名的小盆栽
大口吃著鮮豔的陽光
吐出糖粉似的空氣

我也張開嘴
等到太陽整顆掉進我的口腔
一口吞下
咦？
今天的太陽是橘子味的

家

傢俱無聲
佔滿了房間
不呼吸也不排泄
站著
坐著
躺著

月台

一列火車自遠方
魚貫而入
滿載行人後　一頭栽進
宇宙的洪荒中了
一列行人自車廂
魚貫而出
滿載行李後　一頭栽進
月台的肩踵中了

行人以火車為逆旅
奔走南北

火車以大地為逆旅
奔走四季
大地以時間為逆旅
無需奔走

秒針

鏡面下
一塊凝滯的空間被穩健的敲擊
響起滴答的回聲
滴答滴　滴答滴
每一圈　地球就又蒼老一分鐘
候鳥飛過半座城
屋簷的影子拖移三公分
細長的你是鋒利的拆信刀
仔細度量著時與間
把大人的秘密和驚喜
一一拆穿

藍

天是藍的
海是藍的
醫生說憂鬱症
也是藍的
在清晨藍而未瀾的朦朧裡
我是隻悠閒的魚
選擇著上岸的方式

灰

綿綿的雨
濕濕的路

雲
灰了最後的
一片天

天
灰了最後的
一朵雲

絕美的風景

我無法將妳比作花
因為它不足以芳香
我無法將妳比作雲
因為它不足以純白
我能做的
只是與妳不經意的相視
然後在妳閃動的眼神中
尋找我的輪廓

Sema

柱子很輕
它們空下了
同樣輕的椅子
請光跳舞

地毯上
百葉窗下
妳夜一般的黑髮

如果妳是一株仙草

放風箏

給你翅膀的人
不想你飛遠
他說：
「這幅軟綿綿的適合你」
要乖
不要學噴射機
要當直升機
在他看得見的地方玩耍
請勿滑翔
那會讓你成為意志消沉的飛行員
你只需學會爬升

堅定的意志力就能抵銷地心引力
這是牛頓第四定律
如果巴斯光年可以飛向宇宙　衛星可以同步地球
那你有什麼不可以？
有什麼困難就說
叔叔阿姨會為你加油

我不在妳的地圖上

衛星定位
需要三顆衛星
為心定位
只要一個妳

雪人

不知道從什麼時候開始
妳的眼裡剩下
再也點不燃的灰
手是冰冷的
我想那是因為心也是冷的
只要被我握住
就會融解
成為別人的雨
所以我要比妳更冷
像西伯利亞的風
吹妳成雪

讀我

我把自己摺成一封信給妳
想著妳會將我捧在手心
輕聲的讀我

天地有大美

天空被高樓填滿
填不滿的留給煙囪
高樓被水泥填滿
填不滿的留給海砂

天地有大美
應作如是觀

我想妳有時也會像我想妳一樣想我

我想
有時妳也會像我想妳一樣
想我
只是妳忍著不說罷了
所以
我也該慢慢學會
直到
我們都忘記
或是
有一天
我們
死

去
但是
這之前
有時
也會不小心
放映
有關於妳的殘影
然後
我會繼續忍著不說
想妳
就像有時妳也會想我一樣
我想

關於失眠

打一聲哈欠舒展四肢
拉開窗簾陽光揉進眼裡
妳睡覺數綿羊
她睡覺數山羊
他睡覺數蟑螂
我睡覺數著因想妳
而失眠的日子

仙草蜜

如果妳是一株仙草
請允許我將妳製成一瓶仙草蜜
無論生活將妳切壓成多少塊
也都漂浮在甜蜜裡

影

我們到河邊看城市的倒影
萬千盞燈火都泡在水裡
筆直的
斜長的
似聲聲止不住的歎息
我和你的影子　則沒有言語
一片疊著一片
密不透風地
攤在背後

落葉

若妳是那
夜夜清澈的月
我便會是
深秋的
最後一片綠葉

明知泥土是我的故鄉
也要獨自地
流浪在
離妳更近的地方

心懷秘密的孩子

下午

陽光在街道上躺著
把積水曬成白色的雲
被飛機穿過

它的一生都在彌補別人的過錯

橡皮擦再努力
擦不去原子筆
橡皮擦在努力
擦去自己
留下
滿
地
證明
自己的一生
比紙清白

後記：
去友人家作客，見他以原子筆繪圖，出錯後，竟拿橡皮擦猛擦，不免同情它的無辜遂作此詩。
寫完後不久，友人得意地給我看，原子筆真的被擦掉了。

可能性

在民權西路
等待開往
淡水的列車

戴圓帽的妳
在車廂裡
而我在月台

與妳相視
如一座橋的兩端
各是浮動的陸地

於是我匆匆記下
一位陌生女子與我
與再次相見的可能性

淵與丘

噓
看完這首詩吧
不要說話
靜靜地離去
世界已有無盡的言語
短暫的沉默與光
永恆而寂寥
卻是我想說的
如一堵虛牆　如空的魚網
緘默
像心懷秘密的孩子

物種主義

一隻蟲爬過手臂
沒有人知道它的名字

它以為我是座山
皮膚是堅實的果實

該說些什麼呢？
話語只是振動的聲波

殺死那隻蟲
別留下任何影子

我執

於意云何？

如眼耳鼻舌是具象的慾
海洋不過更大的湖泊

於意云何？

如馬鈴薯從土中生於腹中死
你我反之亦如此

於意云何？

博學者

讓我們一起
把沙漠關進沙漏
海洋鎖進魚缸
雪山裝進明信片
動物端上餐桌
然後滔滔不絕地討論
軍事政治文化經濟哲學

百年孤寂

站在平交道上
等火車過
一個春天一個夏天一個秋天一個冬天都過了
我還在等火車過
那一年
整個城市的人都沒睡覺
他們不知道自己是誰
我也不知道　我只想等火車過

後來雨下了四年
又十一個月
我還在等火車過

夢

妳的影子隨黑夜走了
我急忙追了出去
才一開門
就被霧染了一身
越抹越黑的油污
大家都笑我
我也笑我
這時候天亮了
美麗的人們
熙熙攘攘

紡

距離是橫
時間是縱
我是奔走其中
幾不可見的梭

偶然是橫
命運是縱
我是提著針噙著淚
修補自己的裁縫師

無題

空氣裡
飄著花的味道
花的味道
飄在空氣裡

看妳
以及妳背後的風景
看我
以及我背後的風景

暈船的魚

海水到陸地就不再藍
樹葉離開樹就不再綠

為了當一個不歸家的旅人
我也要離開些什麼

來世做一隻
在雲裡跳耀著的
暈船的魚

或是渴望大海而
懼高的鳥

反芻

潮漲　前
是　潮落
前　是
潮漲　前
是　潮落
前　是
一隻褪去了殼的　人
坐在岸邊
數著

象徵之意義

領帶

既命運執於他人之手
需繫溫莎結以華麗的綢緞
或鬆或緊的
於公司於婚禮於晚宴

傘

光滑油亮的一面皮
無需血肉靈而獨有骨撐起了
以鮮艷之姿拒絕水與陽光
自行人手中次第綻放

綠化

綠茵茵的變電箱
增加了都市綠化率
棟棟森林倒下了
株株樓房向陽生長

失眠

在此即是彼的
日出與日落下的地球兩端
有人走進夢裡　也有人自夢裡走出
孑然一身的
把鑰匙留給下一位房客

失眠如我之人
擺出熟睡的姿勢
相信過了此處便是歡愉之城
隨時準備拋下
自出世起就日走下坡的軀殼

一朵花的旅行

在花開之前就已凋零的妳
深知命運以被層層製定
被養殖
被澆灌
被採割
被包裹
被出售
被賦予了些許浪漫的意義之後
被丟棄

我

我想成為詩
不具任何形體
那些被我捕捉的
也被我賦予永恆
我想成為海
包容所有的河
那些不同質素與來歷的河
都成為了我
我想成為風
無懼任何形狀
那些經由我繁衍的生命

也被我帶向死亡
我想成為光
對美醜善惡不予偏頗
那些在黑暗裡進行著的
也必定接受我的注視

我想成為我
渺小如砂礫
一切都不擁有
因而一切擁有我

無題

人生入戲
能否看一眼
有關於我的劇本
是早已劇終　抑或
仍籌備拍攝

而下一幀
無論精彩平淡文藝大眾
都不會附上旁白

有效期限

鮮奶冷藏保質七天
可樂開罐當天喝完

連密封嚴密的死魚罐頭
兩年之後也會屍變

而妳和妳和你和你
卻開口閉口都是永遠

海的浪漫

海邊的浪
很慢
妳說慢的浪
就很浪漫

時鐘

你明知終將回到起點
又何必苦苦打轉？
你說
我在追趕時間
然後證明它的存在

不可道人的隱疾

生活經驗

牙刷老了
可以刷鞋
我老了
卻不能刷牙

自己餓了
說肚子餓
嘴長在臉上
肚子概括承受

蛹

我沒有繭
不能孵出蝴蝶
沒有土
不能生長春天
魚不願意到我這來
我沒有蘆葦般的瀏海
鳥不願飛向我
我沒有壯碩的肩

我在蛹裡等待

從未和妳看過浪漫電影

我戒不掉
先看影評再看電影
我怕與妳相處的時間被浪費
我戒不掉
看完電影再看影評
我怕不能解釋劇情給妳聽
我也害怕
電影的結局太美好
像不真實的幻想
害怕那些斑斕的光
只能投映在螢幕

內心的獨白
只有我一個人聽
我怕電影開始
就聽不到妳說的話
我怕電影結束
就沒了沈默的理由

許多年過去了
現在我只看紀錄片

寫給D

這些年我總是小心翼翼
在燃起菸
片尾字幕升起的微光間
我想念妳
在食物冷卻
話題無以為繼的飯局間
我想念妳
於是我避開有關於妳的城市
有關妳的日子
它們卻迎面而來
過去的碎片啊

像玻璃渣鋪成的閃爍沙灘
美麗又危險
但我仍一次次踏上
如果傷痛會帶來痊癒
破碎的杯身才應被拾起
那我接受這樣的命運

「毫無預兆的想妳
是我不可道人的隱疾」

珍珠與鰭

我想要回到海裡
鹹鹹的水與波光粼粼
陸地的一切留在岸上
珍珠的蚌殼鯊魚的鰭

海裡一切都好
太陽昇起風和日麗
而孤獨地　及孤獨的以及
隨城市的潮汐　自光的折影

熬夜

我枕著床
床枕著墻
墻枕著鋼筋與水泥
它們深深的枕進土壤
我先睡了
它們才能睡

尋貓啟事

牠追逐光　從浴室的牆
到陽台的欄杆
光有時也追逐牠
牠愛聽魚罐頭被打開的聲音
啵的一聲
晚餐就準備好了　牠常夢見
一副閃閃發亮的魚骨
整齊的躺在抽屜裡
像將軍的肩章

主人說：
走失前　牠盯了整晚的電視
一早就出了門
連毛線球也沒帶走
人們爭論著牠看到什麼
電視臺更澄清與此無關
而靜悄悄地　巷子裡邁出一隻流浪貓
高高的豎起尾巴

無題

打開罐子
往所有人的夢裡
加一匙糖

把鮮花的種子
分給孩童和孤島
魚的笑聲
替水草撓癢癢

想著想著
一隻蝴蝶停在我的夢裡
睡著了

être

光卸了妝
拾灰階而上
縱身躍進快門簾後虛躭一生的底片

題解：
黑白負片知黑守白，能不被任何色彩迷惑，又以一生去重複與光1/125秒的相遇，雖耿直浪漫無以復加，卻仍難逃本質先於存在的宿命，為我所用。

行進

流動的人群
和
流動的車燈
和
流動的鈔票
在
時間的河裡
勇往直前

而在遠處
潺潺落下了

一座城市的浮光掠影
瀉成一灘湖
不再流動

門鎖

門之存在
為了開
抑或閉
只有叩的人知道

鎖之存在
為了開
抑或閉
只有鎖的人知道
為了讓大家都知道

我先安門
再裝鎖

大地的四季

春

今年的花抄襲去年的花
相同的艷麗裡有不同的美

夏

雲影在草叢中飄動
風也有憂鬱的影子

秋

淒涼的月光下
落葉也想著家人

冬

冰冷的白雪　溫暖如
柔軟舒適的厚棉被

時間

過去的
已經不少
剩下的
也已不多

來來往往間
灑了一地

假花

你不曾凋謝
因你沒有生命
也從未散發花香
因你沒有靈魂
你是五顏六色的塑膠
偽裝成花的姿態

風說

我是生而孤獨的流浪者
努力證明著自己的存在
但卻總在我走之後
你們才恍然知曉我曾來過

「你所過之處無不有所異動
他們早已出賣了你的行蹤」

雨說

在你們避之不及的時候
我所及之處
便是樸實的樂器
為大地奏響最美的樂章
「縱使千軍萬馬
你的命運仍是入土為泥」

雲說

我雖自由來去
卻無以為家
我雖萬千變化
而你們總能一眼識破

「你從不停歇
晴天陰天颱風天」

月說

無論月圓月缺
我只是一顆冷寂的星球
反射著太陽的光
你們卻寄託於我無盡相思

「你隨我一同來到異鄉
卻因何消瘦了許多？」

隨城市的潮汐，自光的折影

print station

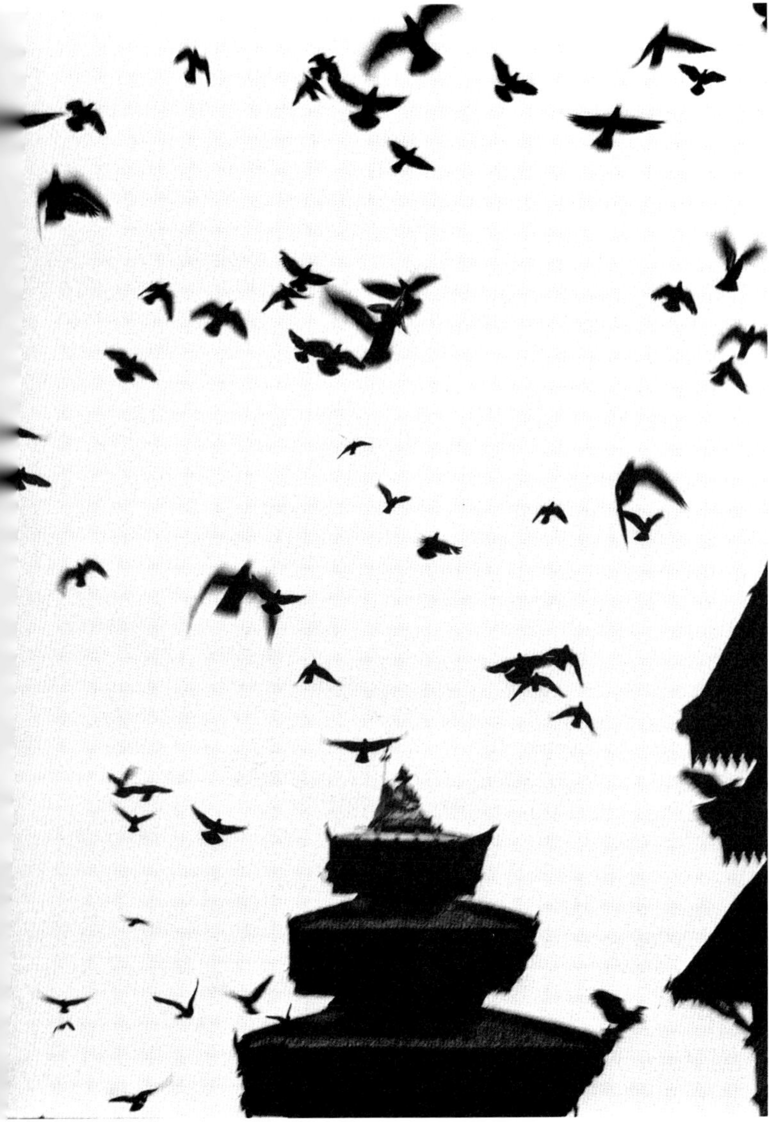

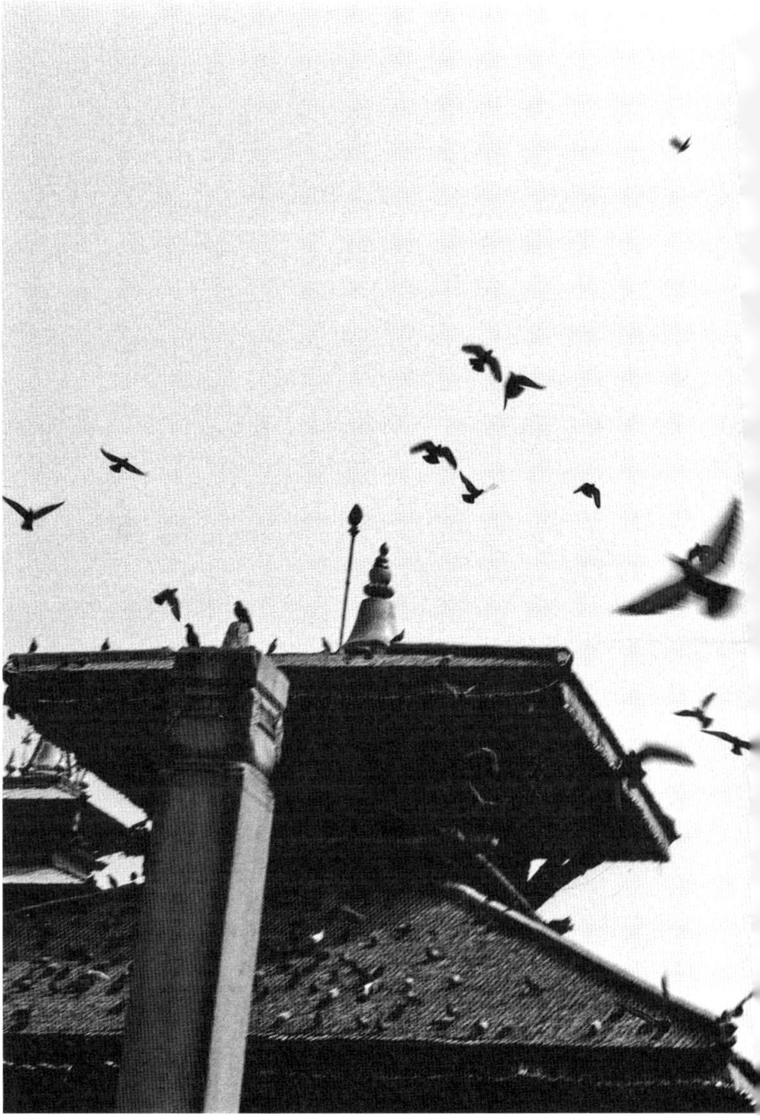

GOTHIC

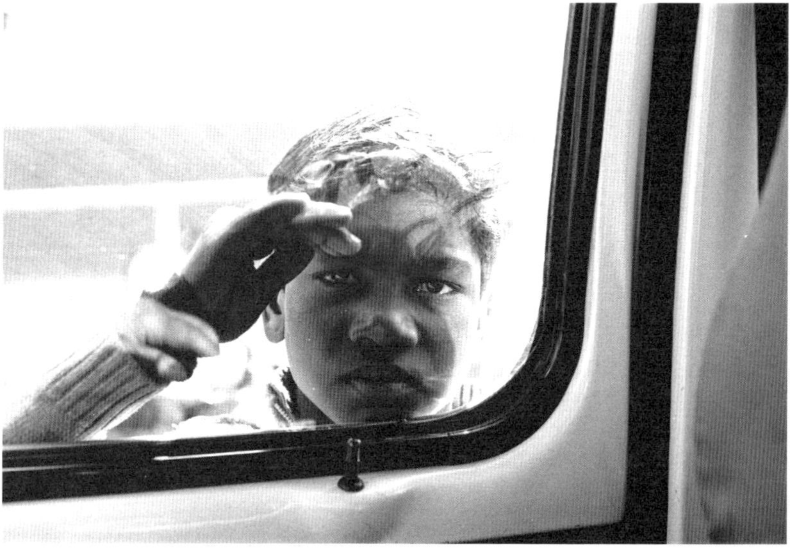

COSY HOTEL

SCHOOL
GIOIEL

Bhedasing

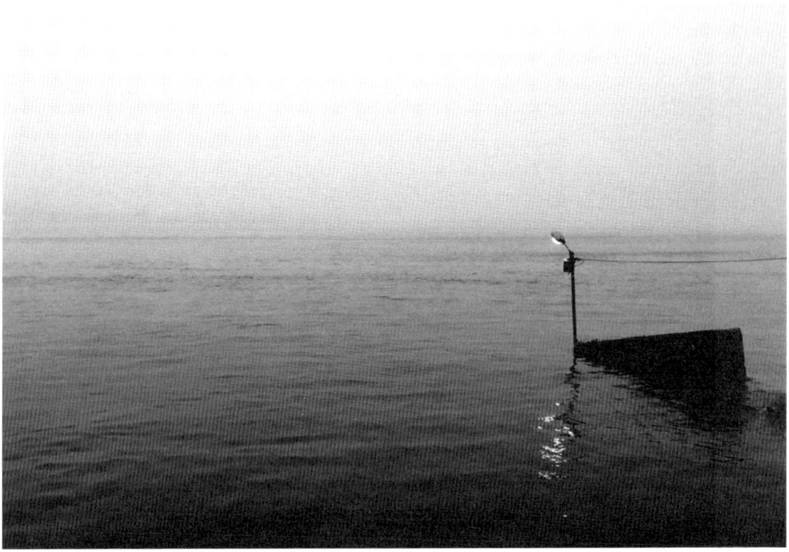

國家圖書館出版品預行編目（CIP）資料

暈船的魚 / 王嘉澤著 . -- 初版 . --
新北市 : 斑馬線, 2018.06
面； 公分

ISBN 978-986-96060-6-6（平裝）

851.486 107007438

暈船的魚

作　　者：王嘉澤
主　　編：施榮華
書封設計：MAX

發 行 人：張仰賢
社　　長：許　赫
總　　監：林群盛
主　　編：施榮華
出 版 者：斑馬線文庫有限公司
法律顧問：林仟雯律師

斑馬線文庫
通訊地址：235 新北市中和景平路 268 號七樓之一
連絡電話：0922542983

製版印刷：龍虎電腦排版股份有限公司
出版日期：2018 年 6 月
ISBN：978-986-96060-6-6
定　　價：350 元